CB036494

Publicado originalmente por Second Story Press, Ontário, Canadá.
Traduzido da primeira publicação em inglês intitulada *The Promise*.


1ª edição, 2019

Texto adequado às regras do novo Acordo Ortográfico da Língua Portuguesa

Coordenação editorial: Miriam Gabbai
Tradução: Bárbara Menezes
Editor assistente e revisão: Ricardo N. Barreiros
Diagramação: Thiago Nieri

Dados Internacionais de Catalogação na Publicação (CIP)
Angélica Ilacqua CRB-8/7057

---

Zvi, Prina Bat

A promessa / Pnina Bat Zvi e Margie Wolfe ; ilustrações de Isabelle Cardinal ; tradução de Bárbara Menezes. – São Paulo : Callis, 2019.
36 p. : il., color.

ISBN 978-85-454-0094-3
Título original: *The Promise*

1. Literatura infantojuvenil 2. Crianças judias no holocausto - Ficção I. Título II. Wolfe, Margie III. Cardinal, Isabelle IV. Menezes, Bárbara.

19-1213 CDD: 028.5

---

Índices para catálogo sistemático:
1. Literatura infantojuvenil 028.5

Impresso no Brasil

2019
Callis Editora Ltda.
Rua Oscar Freire, 379, 6º andar • 01426-001 • São Paulo • SP
Tel.: (11) 3068-5600 • Fax: (11) 3088-3133
www.callis.com.br • vendas callis.com.br

Pnina Bat Zvi & Margie Wolfe

# A PROMESSA

Ilustrações de
Isabelle Cardinal

Tradução de
Bárbara Menezes

callis

Rachel se arrastou para fora do seu lindo sonho. Quando dormia, ela era livre para estar com seus amigos e ir à escola. Mas agora o gongo anunciava o começo de outro dia no campo de concentração de Auschwitz.

Sempre com medo do que poderia acontecer a qualquer momento, Rachel se aproximou mais um pouquinho da irmã mais velha no beliche que elas dividiam com mais quatro meninas.

– Acorde – ela sussurrou no ouvido de Toby.

– Estou acordada – Toby murmurou.

Sua mão foi automaticamente para dentro do bolso em busca da latinha. Que bom. As moedas de ouro estavam a salvo.

– Você ainda está com elas? – Rachel sussurrou enquanto elas se levantavam para enfrentar qualquer perigo que surgisse naquele dia.

– Sim. Eu prometi para a mamãe, não prometi?

Toby soltou um suspiro, lembrando-se de que os nazistas tinham feito Rachel trabalhar na noite em que levaram todos os judeus adultos para longe da sua cidade. Rachel não teve a chance de se despedir dos pais. Ela não estava lá quando seu pai deu a Toby a latinha, dizendo:

– Isto é tudo que temos para deixar para vocês. Três moedas de ouro estão escondidas na graxa de sapato. Só as use se você precisar.

E Rachel não vira que sua mãe tinha abraçado Toby.

– Use o ouro para algo importante – ela disse. – Você saberá quando for a hora. E, acima de tudo, fiquem juntas. É assim que vocês duas vão sobreviver.

Dois anos haviam se passado desde aquela noite terrível. Os pais delas nunca mais foram vistos.

As duas meninas deram um pulo quando a porta do Barracão 25 foi aberta com violência.

– *Achtung*! Atenção! – a guarda nazista gritou. – Façam fila no pátio!

O pastor-alemão ao lado dela rosnou, sempre alerta e pronto para se atirar em qualquer um.

Do lado de fora, as meninas davam um passo à frente conforme uma prisioneira fazia a chamada e marcava seus nomes.

– Sofie?

– Presente!

– Eva?

– Presente!

– Rachel?

– Presente!

– Lola?

Silêncio.

– Lola? Lo...

– Risque-a da lista! Ela se foi – a guarda disse, brava.

Alguém na fila choramingou e a guarda gritou:

– Pare de resmungar, menina idiota!

Lola tinha estado muito doente para trabalhar no dia anterior e ficara na cama. Quando as outras voltaram, mais tarde, ela havia desaparecido. Elas todas sabiam que Lola não voltaria. A amiga dela, Pessa, chorou até pegar no sono.

"Por favor, não nos deixe adoecer", Toby rezava, olhando para Rachel.

– Toby!

O som do seu nome assustou a menina e a fez prestar atenção de novo. Ela deu um passo à frente.

– Presente!

Um dia, as prisioneiras construíram um muro de pedras naturais; no dia seguinte, o derrubaram; no outro, o construíram de novo. Ninguém tinha coragem suficiente para questionar tal bobagem.

Toby resistia da sua maneira. Quando os guardas não estavam olhando, ela parava de trabalhar e os encarava, desafiadora. Quando eles se viravam, ela rapidamente pegava uma pedra, como se não tivesse parado. Toby arriscava ser pega e receber uma punição, mas o risco valia a pena para ela.

Eva a achava destemida. Pessa a achava descuidada. Mas Rachel conhecia melhor sua irmã. Esse ato de desafio era a pequena vitória de Toby sobre aqueles que tinham levado embora seus pais e sua liberdade e as transformado em escravas, simplesmente porque eram judias.

Naquele dia, os guardas estavam mais maldosos do que de costume.

– Depressa! Sem conversar! Sejam mais rápidas! – ordenou um.

Rachel se virou para ver como a irmã estava e quase deu um berro. Ali, no chão, à vista, estava a latinha de moedas de ouro!

O que Rachel deveria fazer? Ela não podia pegar a lata sem ser vista. Toby não havia reparado e estava passando outra pedra para Eva. E, agora, um dos guardas estava se aproximando com seu cachorro. O animal com certeza cheiraria o objeto.

Ela tinha de agir. Toby havia cuidado das moedas por dois anos. Agora era a vez dela.

Rachel fingiu tropeçar para o lado e derrubou a grande pedra que estava segurando em cima da latinha, cobrindo-a.

– Que menina desastrada! Volte ao trabalho! – o guarda gritou.

O cachorro dele se agachou.

– Sinto muito! Não vai acontecer de novo – Rachel se desculpou.

Ela se abaixou para pegar a pedra, pegando a latinha junto.

Depois que o guarda foi embora, Rachel trocou de lugar com Eva para poder ficar ao lado da irmã.

– Você está bem? – Toby perguntou, preocupada.

Rachel assentiu.

– A graxa está na minha mão. Pegue.

Toby passou a mão no bolso. Vazio! Ela se certificou de que ninguém estava olhando e depois deslizou a latinha da mão de Rachel para a sua. Fingindo limpar sujeira das mãos, ela deixou o objeto escorregar de volta para o seu lugar.

Naquela noite, as meninas deitaram no beliche, esperando para escapar para o sono.

– Senti tanto orgulho de você hoje – Toby murmurou. – O papai e a mamãe sentiriam também.

Rachel ficou surpresa com o elogio.

– Nem chego aos pés da sua coragem. Tenho medo de que eu não consiga manter nossa promessa se um soldado nazista tentar nos separar.

Toby fez que não.

– Não se engane. Não sou tão corajosa quanto você pensa. Só ajo como se fosse mais forte do que me sinto, e eu me convenço de que sou corajosa.

Ela deu um beijo na bochecha da irmã.

– Mas eu sei de uma coisa, esta loucura não pode durar para sempre. O que temos de fazer é sobreviver até esta guerra acabar. Descanse agora, Rachel. Você nos salvou hoje.

A manhã seguinte estava fria e chuvosa. As prisioneiras trabalharam desmontando o muro que haviam construído no dia anterior. Elas estavam batendo os dentes na marcha de volta ao campo. A maioria se aqueceu depois de um tempo, mas, à noite, Rachel ainda estava tremendo.

As meninas tentaram ajudar. Sofie deu sua sopa do jantar para Rachel. Pessa colocou sobre ela seu próprio cobertorzinho fino. Eva esfregou suas mãos frias como gelo. Toby a abraçou forte, tentando acalmar a tremedeira, enquanto Rachel caía no sono em seus braços.

Todas se lembravam de que Lola havia desaparecido. Rachel precisava estar bem para a chamada da manhã. Os nazistas não ficavam com as pessoas que eram muito fracas para trabalhar.

Porém, ao amanhecer, Rachel não se sentia melhor.

– Estou toda dolorida. Posso dormir mais um pouquinho? – ela implorou.

– Você não pode! – Toby a incitou. – Eu faço a sua parte do trabalho hoje se você, pelo menos, se levantar.

Mas Rachel não conseguia. A fome e o trabalho pesado tinham feito um estrago. Assim, quando o nome de Rachel foi chamado naquela manhã, Toby deu um passo à frente, tentando controlar o tremor na sua voz.

– Minha irmã está gripada hoje... Nada sério. Amanhã ela estará melhor.

A guarda fez um sinal para a prisioneira apagar o nome de Rachel da lista. Os joelhos de Toby cederam. Ela implorou para ficar com a Rachel e fazer turno duplo no dia seguinte, mas a guarda a ignorou.

Pela primeira vez desde a chegada a Auschwitz, as irmãs foram separadas.

Toby trabalhou freneticamente o dia todo, sem pensar em desafiar os guardas. Louca de preocupação, ela mal podia esperar para voltar ao barracão. Mas, ao retornar, bem como ela temia, o beliche estava vazio.

– Levaram a Rachel! – ela gritou. – Preciso encontrá-la antes que seja tarde demais!

– É tarde demais – Pessa disse baixinho. – Não cause problema, ou você vai desaparecer também.

– Não há nada a fazer – Sofie falou em voz baixa. – Ela se foi.

– Você também é prisioneira. O que pode fazer? – perguntou Eva.

Toby ouviu as meninas, mas não podia aceitar o que elas estavam dizendo.

– Talvez vocês estejam certas – ela declarou –, mas vou encontrá-la. Ela é minha irmã.

As outras perceberam a determinação na voz dela.

Um plano começou a se formar na mente de Toby. "Ainda tenho as moedas", ela pensou.

– Rápido, Eva, me dê a seu lenço. Talvez a Rachel precise esconder o rosto.

Eva deu um lenço para ela e Pessa, também.

– Talvez você precise de mais um – ela disse. – Rachel provavelmente está no Barracão 29. É lá que eles deixam as pessoas doentes até...

Eva a interrompeu:

– Tenha cuidado. Rachel admirava sua coragem, mas achava que você se arriscava demais. Ela se preocupava com você.

Lágrimas queimaram os olhos de Toby. Em casa, ela tratava Rachel como uma pestinha irritante, sempre a seguindo. Agora faria qualquer coisa para salvar a irmã.

– Rezem por nós – ela pediu.

Conforme Toby seguia em direção à porta, ela pensou: "se eu for pega, esta será a última vez que verei estas amigas".

Toby

No Barracão 29, Rachel estava perdendo as esperanças.

– Estamos correndo tanto perigo aqui – ela havia sussurrado para uma mulher idosa ao seu lado. – Você acha que vai chegar ajuda?

Elas estavam observando a guarda do barracão escrever uma lista enquanto andava entre as camas das prisioneiras doentes.

A mulher idosa respondeu baixinho:

– Não há ajuda para ninguém em Auschwitz.

Depois, ao ver como suas palavras tinham assustado a menina, ela acrescentou:

– Suponho que milagres realmente aconteçam... às vezes.

Tentando evitar chamar a atenção da guarda, Rachel havia encontrado um lugar para chorar sozinha. Ela imaginou o rosto da irmã. Será que Toby sobreviveria sem ela? Elas precisavam mesmo de um milagre. Todos os prisioneiros de Auschwitz precisavam. Mas parecia que o mundo os havia esquecido.

Com o braço estendido para o chão de areia, Rachel riscou as letras T-O-B-Y com o dedo.

Do lado de fora, a guarda estava saindo do Barracão 29. Toby correu para trás de uma barraca de armazenamento, mas o pastor-alemão a viu e puxou a guia da coleira. Impaciente para jantar, a guarda puxou o cachorro e passou a alguns centímetros. Toby caiu contra a parede, aterrorizada.

Quando seu coração parou de bater tão rápido, ela espiou pela esquina. Uma interna – uma prisioneira que esperava sobreviver ao ajudar os nazistas – estava agora de guarda no Barracão 29. Toby a reconheceu. Talvez fosse um pouco de sorte. Ela avançou correndo.

– Minha irmã está lá dentro – Toby sussurrou. – Por favor, me deixe entrar.

– Impossível – a guarda falou por entre os dentes, desviando o olhar.

Toby sabia o que tinha de fazer.

– Eu dou uma moeda de ouro para você se me ajudar.

Os olhos da guarda se mexeram um pouco.

– É muito perigoso.

– Duas moedas então. Por favor! Nós só temos uma à outra.

– Vai!

A mulher empurrou Toby para dentro.

Toby pegou a lata no bolso e tirou duas moedas. A guarda as pegou depressa e esfregou para tirar a graxa até o ouro brilhar. Satisfeita, guardou-as no bolso.

– Rápido! – ela ordenou.

Toby procurou desesperadamente, mas não conseguia encontrar Rachel. Ela voltou correndo para a guarda.

– Eles já levaram minha irmã?

A guarda deu de ombros.

– Vou ver de novo.

– Não! Você tem que fazer o risco que estou correndo valer a pena.

Toby retirou a última moeda.

– Pegue! – ela disse. – É tudo o que tenho. Não tenho mais.

Dessa vez, Toby foi supercuidadosa. Ela reparou em uma porta e espiou para dentro. Lá estava sua irmã em uma pequena área cercada atrás do barracão.

Toby deu um grito e correu para abraçar Rachel.

– Temos que sair. Venha comigo. Agora!

As meninas correram em direção à guarda, que esperava.

– Quietas ou todas nós levaremos um tiro! – a mulher falou por entre os dentes.

Toby entregou o lenço de Eva para a irmã.

– Coloque.

Sem fôlego e tremendo, as duas meninas escaparam para a escuridão.

– Como você...

– Psiu! – Toby a interrompeu. – Vamos!

No Barracão 25, as meninas foram recebidas com abraços, lágrimas de alegria e muitas perguntas.

– Você arriscou tudo por mim – Rachel disse.

– Você é a minha irmãzinha chata. O que mais eu deveria fazer?

Rachel sorriu.

– E você é a milagreira mandona de que eu precisava.

Naquela única noite, as prisioneiras do Barracão 25 se esqueceram de ter medo.

Ninguém queria pensar no que aconteceria quando o sol nascesse.

Quando a chamada acabou naquela manhã, todas as meninas, menos uma, tinham dado um passo à frente ao ouvir seu nome. A guarda olhou para Rachel, pasma.

– Você não deveria estar aqui. Como voltou? – ela quis saber.

Toby decidiu falar:

– Eu a tirei do Barracão 29.

Conforme a guarda e o cachorro avançavam, Toby acrescentou:

– Eu tinha que fazer isso! Prometi para os nossos pais que ficaríamos juntas!

– Coloque a culpa em mim! – Rachel gritou. – Eu estava doente. Minha irmã estava tentando me proteger.

A guarda apontou para Toby.

– Saia da fila e desabotoe o seu vestido. Vire para a parede!

Ela se curvou para soltar o cachorro e ordenou que ele ficasse parado. Ninguém fez barulho até a guarda começar a chicotear as costas nuas de Toby com a guia do cão.

Quando finalmente acabou, Toby caiu no chão e Rachel correu para perto dela.

A guarda prendeu a guia na coleira do cachorro.

– Fiz meu trabalho – ela disse para Toby. – Você foi punida.

Depois, para a surpresa de todos, ela se virou para a prisioneira ao seu lado.

– Coloque o nome de Rachel de volta na lista. Ela pode ficar com a irmã.

Gritos de alívio encheram o ar enquanto a guarda se afastava. Toby e Rachel a encararam sem conseguir acreditar. Seria possível que o amor de uma pela outra tivesse tocado o coração de uma guarda nazista? Elas nunca saberiam.

As cicatrizes nas costas de Toby permaneceram por muito tempo. Mas, quando os nazistas enfim foram derrotados e os prisioneiros sobreviventes foram libertados, Rachel e Toby deixaram o campo, de mãos dadas, carregando uma latinha de graxa vazia. As moedas tinham ido embora.

Mas a promessa fora mantida.

ARBEIT MACHT FREI

# Epílogo

Toby (à direita) e Rachel (à esquerda) continuaram sendo irmãs dedicadas e melhores amigas por 50 anos. Mesmo quando a distância as separou, seus corações e almas estiveram sempre juntos. Elas continuaram sempre amigas daquelas meninas do Barracão 25 que também sobreviveram.

As autoras, que são primas e amigas, escreveram esta história como ouviram suas mães contarem.

## Pnina Bat Zvi

Jornalista e apresentadora de rádio em Tel Aviv. Ela, o irmão e a irmã são filhos de Rachel.

## Margie Wolfe

Editora de livros para crianças e adultos em Toronto. Ela e sua irmã Helen são filhas de Toby.

## Isabelle Cardinal

Ilustradora há 17 anos. Seu estilo emergiu ao longo dos anos como uma forma original de fazer colagem digital. Usando, na maior parte, uma coleção de fotos da Era Vitoriana e suas próprias texturas, fotos e desenhos, seu trabalho tem um toque único e misterioso. Ela mora em Montreal, no Quebec.

Este livro foi impresso, em primeira edição,
em agosto de 2019, em couché 150 g/m$^2$,
com capa em cartão 250 g/m$^2$.